内有宝宝

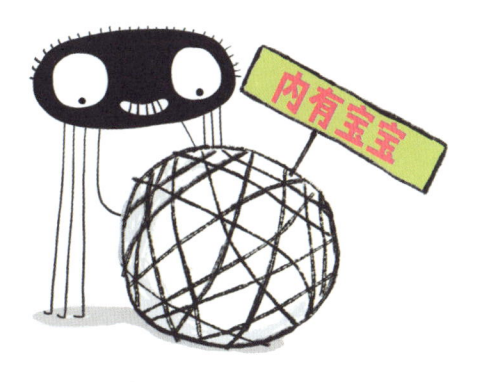

图书在版编目（CIP）数据

我恶心的动物邻居.10，蜘蛛／（加）埃莉斯·格拉韦尔著；黄丹青译.－－西安：西安出版社，2023.4
ISBN 978-7-5541-6585-0

Ⅰ.①我… Ⅱ.①埃… ②黄… Ⅲ.①儿童故事－图画故事－加拿大－现代 Ⅳ.①I711.85

中国国家版本馆CIP数据核字（2023）第027804号
著作权合同登记号：陕版出图字25-2022-050

DISGUSTING CRITTERS:THE SPIDER
Text and Illustrations copyright © 2015 by Elise Gravel. All rights reserved. Simplified Chinese translation rights arranged with Painted Words Inc. through RightsMix LLC

我恶心的动物邻居 蜘蛛 WO EXIN DE DONGWU LINJU ZHIZHU
[加]埃莉斯·格拉韦尔 著 黄丹青 译

图书策划 郑玉涵		**责任编辑** 朱 艳	
封面设计 牛 娜		**特约编辑** 郭梦玉	

美术编辑 张 睿 葛海姣
出版发行 西安出版社
地址 西安市曲江新区雁南五路1868号影视演艺大厦11层（邮编710061）
印刷 东莞市四季印刷有限公司
开本 787mm×1092mm 1/25 **印张** 12.8
字数 72千字
版次 2023年4月第1版
印次 2023年4月第1次印刷
书号 ISBN 978-7-5541-6585-0
定价 138.00元（共10册）

出品策划 荣信教育文化产业发展股份有限公司
网址 www.lelequ.com **电话** 400-848-8788
乐乐趣品牌归荣信教育文化产业发展股份有限公司独家拥有
版权所有 翻印必究

我恶心的动物邻居

蜘蛛

[加] 埃莉斯·格拉韦尔 著

黄丹青 译

乐乐趣
西安出版社

小朋友们,向你们的新朋友问个好吧!它的名字叫

蜘蛛。

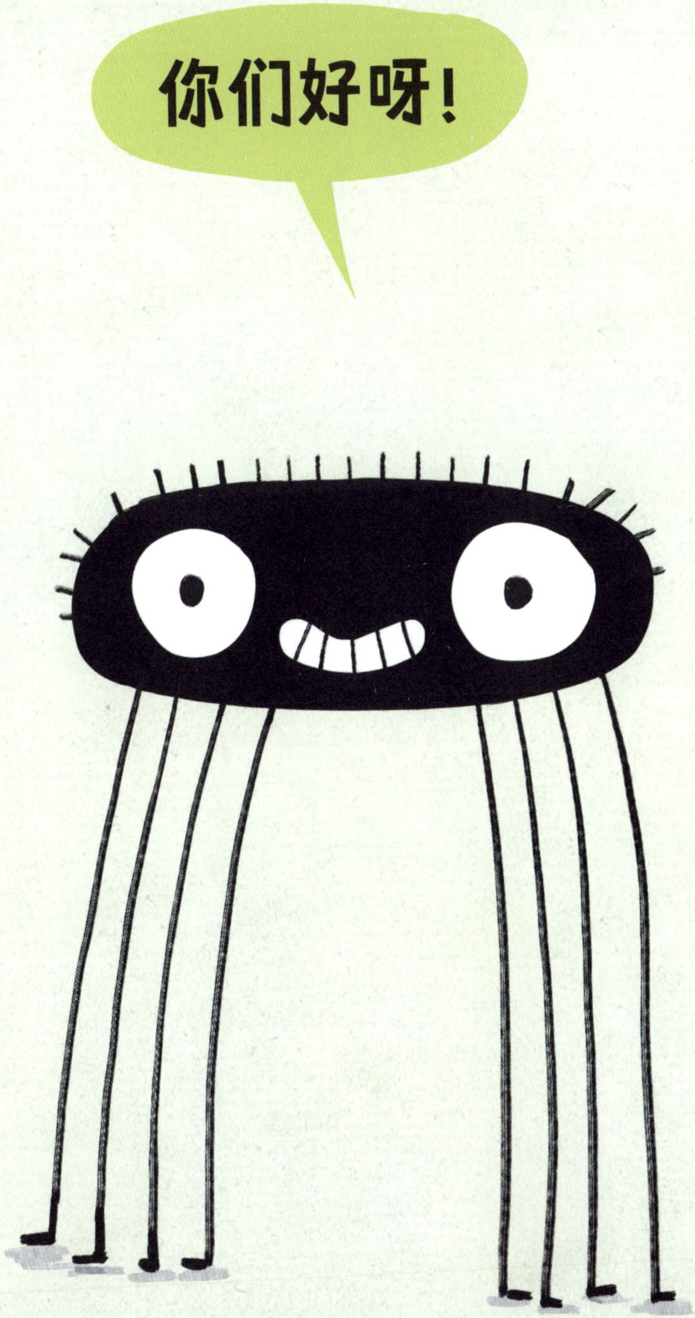
你们好呀！

世界上约有3.5万种蜘蛛。在地球上，它们几乎无处不在：

无论是在寒冷的地区，

还是在炎热的国度，

哈哈，站得高才能看得远！

抑或是在高山之巅，

在地底下，

在水里……

不过，太空里可没有蜘蛛。

啊，没有吗？
真可惜！

蜘蛛有8条腿，所以我们不能把它归类为

昆虫。

> 随便吧，但我穿公主鞋真的好漂亮呀。

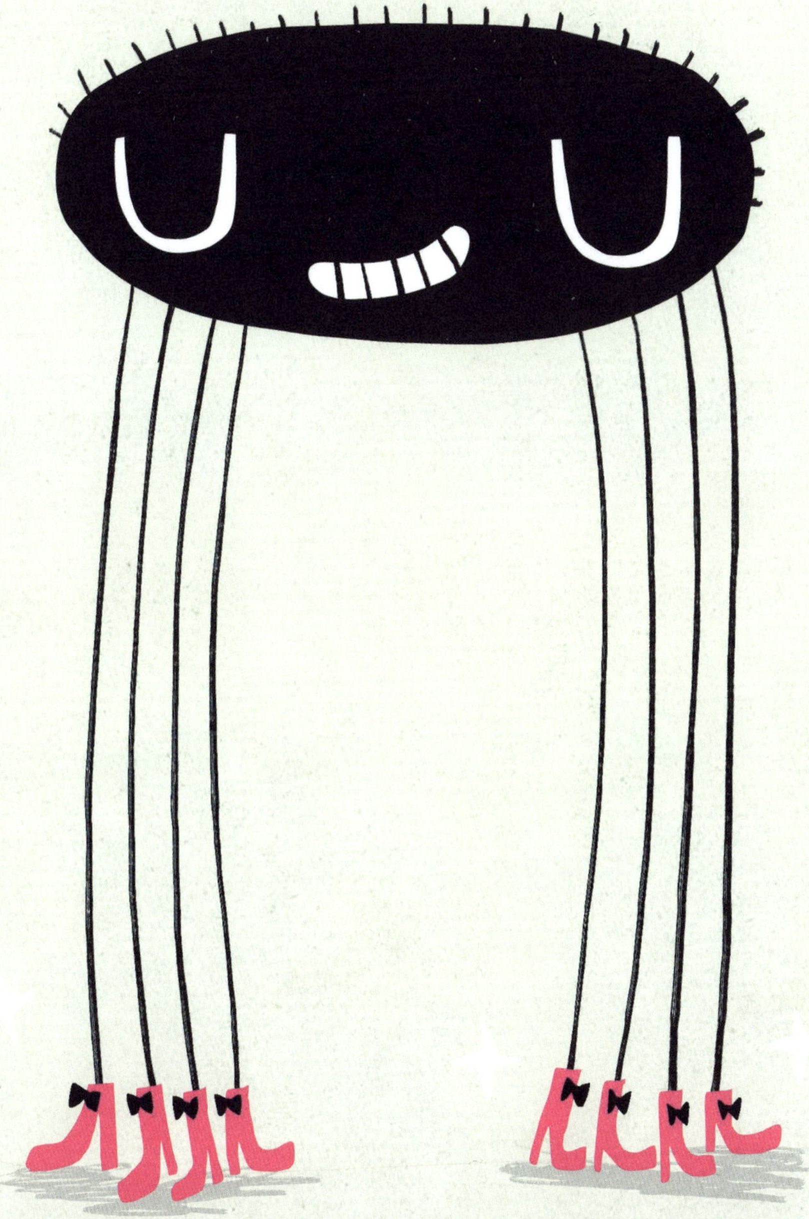

有的蜘蛛的嘴上长着一对毒钩。对了,它们一般有

8只眼睛。

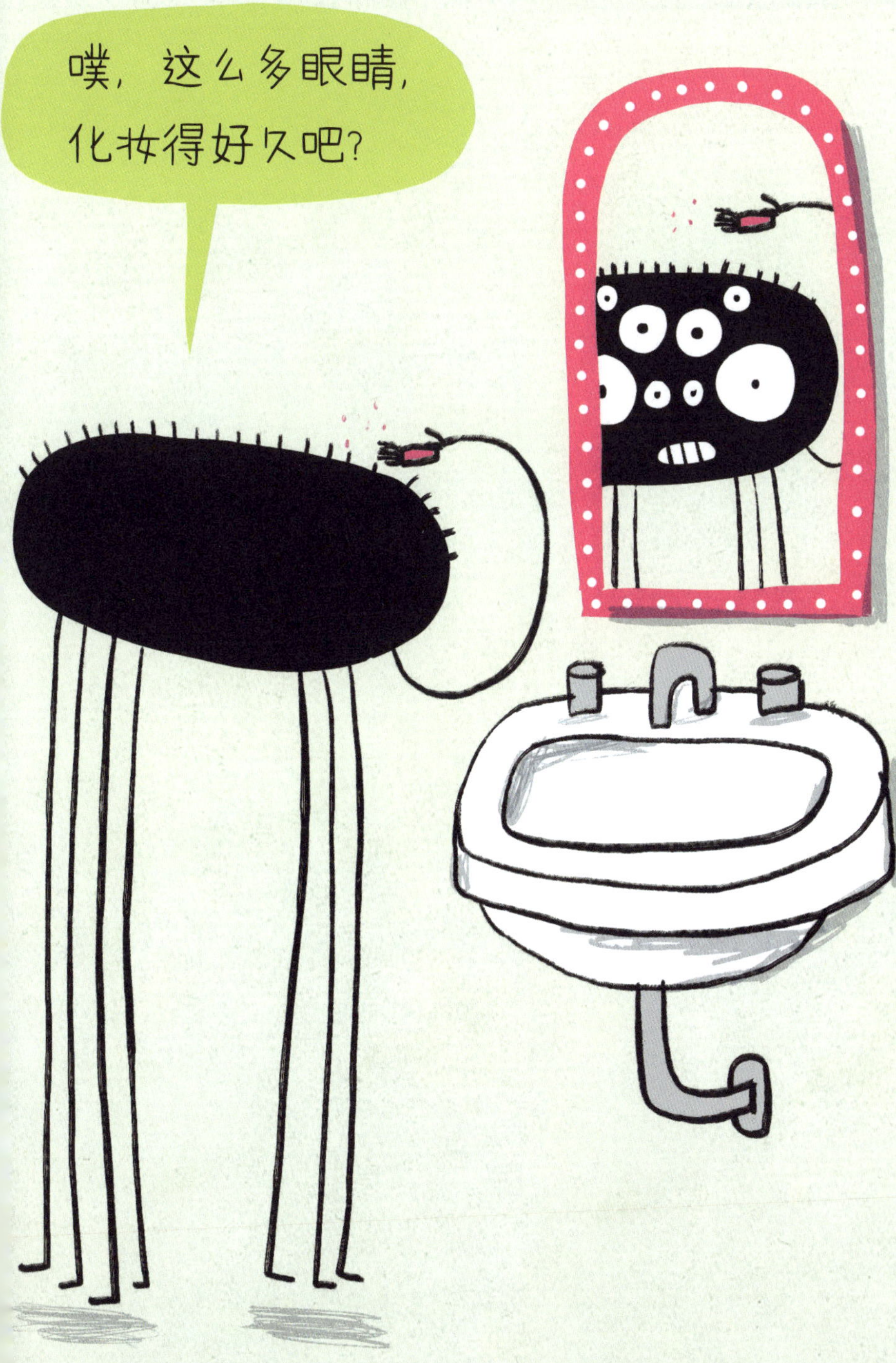
噗，这么多眼睛，化妆得好久吧？

蜘蛛腹内的腺体能分泌

丝液，

丝液遇到空气就会凝结成丝。丝的用途非常多，比如：织网，

吼吼吼！

自由飞翔，

保护它们的卵，

请勿触摸

甚至能在水下为自己制造供氧装置。

咕噜噜……

我们还能用这种丝织出漂亮的领带。

大多数蜘蛛是肉食性的,它们以昆虫或更小的动物为食。为了捕捉猎物,有些蜘蛛把自己的丝做成粘网或**套索。**

哪里跑!

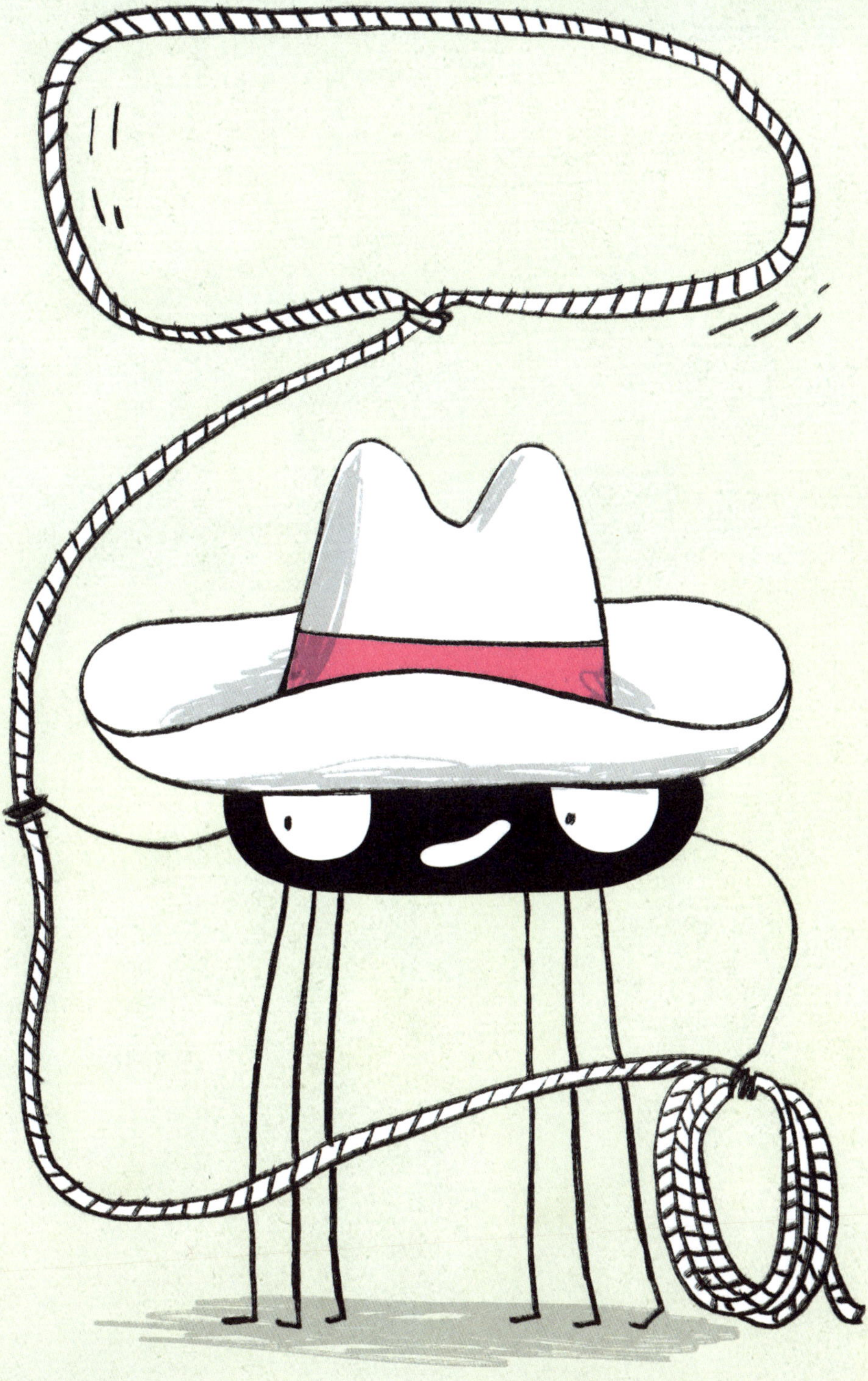

为了更容易地接近并捕捉猎物，有些蜘蛛会**模仿**这些猎物。

嘿嘿，它一点儿也没怀疑!

在蜘蛛的世界里，**雌性蜘蛛**的体形比**雄性蜘蛛**的大得多。

跳舞的时候可一点儿也不方便。

有时候，雌性蜘蛛还会

吃掉

雄性蜘蛛。

救命！

我喜欢这顿浪漫的晚餐!

今日菜单
我的丈夫

有些雌性蜘蛛一次能产下

1 000 粒卵,

甚至更多。它们用自己的丝把卵包裹起来,做成一个"包包"随身携带。

可爱吧？我还可以把钥匙和口红放在里面！

有些蜘蛛会一直

背着

自己的孩子，直到它们可以

独立生活。

妈妈，我们什么时候能到呢?

妈妈，我们到了吗?

妈妈，还有多久能到?

妈妈，我们到哪里了？

妈妈，我们快到了吗？

快到了吗，妈妈？

到了吗？到了吗？

车上有小宝宝

大多数人很害怕蜘蛛，但实际上大部分蜘蛛都

不危险。

恰恰相反，蜘蛛更害怕人类。

> 救命啊!
> 太恐怖啦!

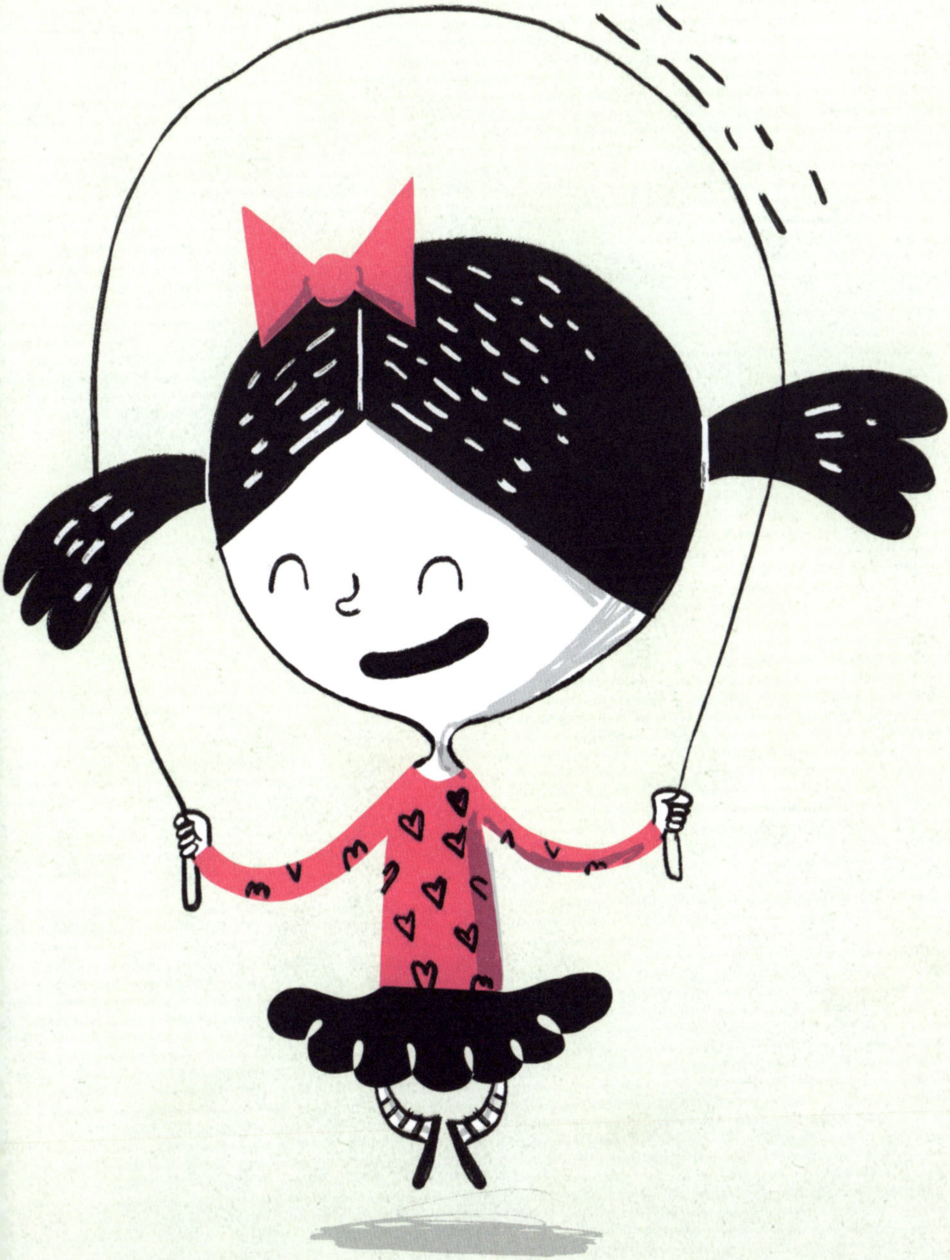

蜘蛛可以消灭许多我们不喜欢的

虫子，

比如苍蝇和蚊子。

蜘蛛超人紧急救援！

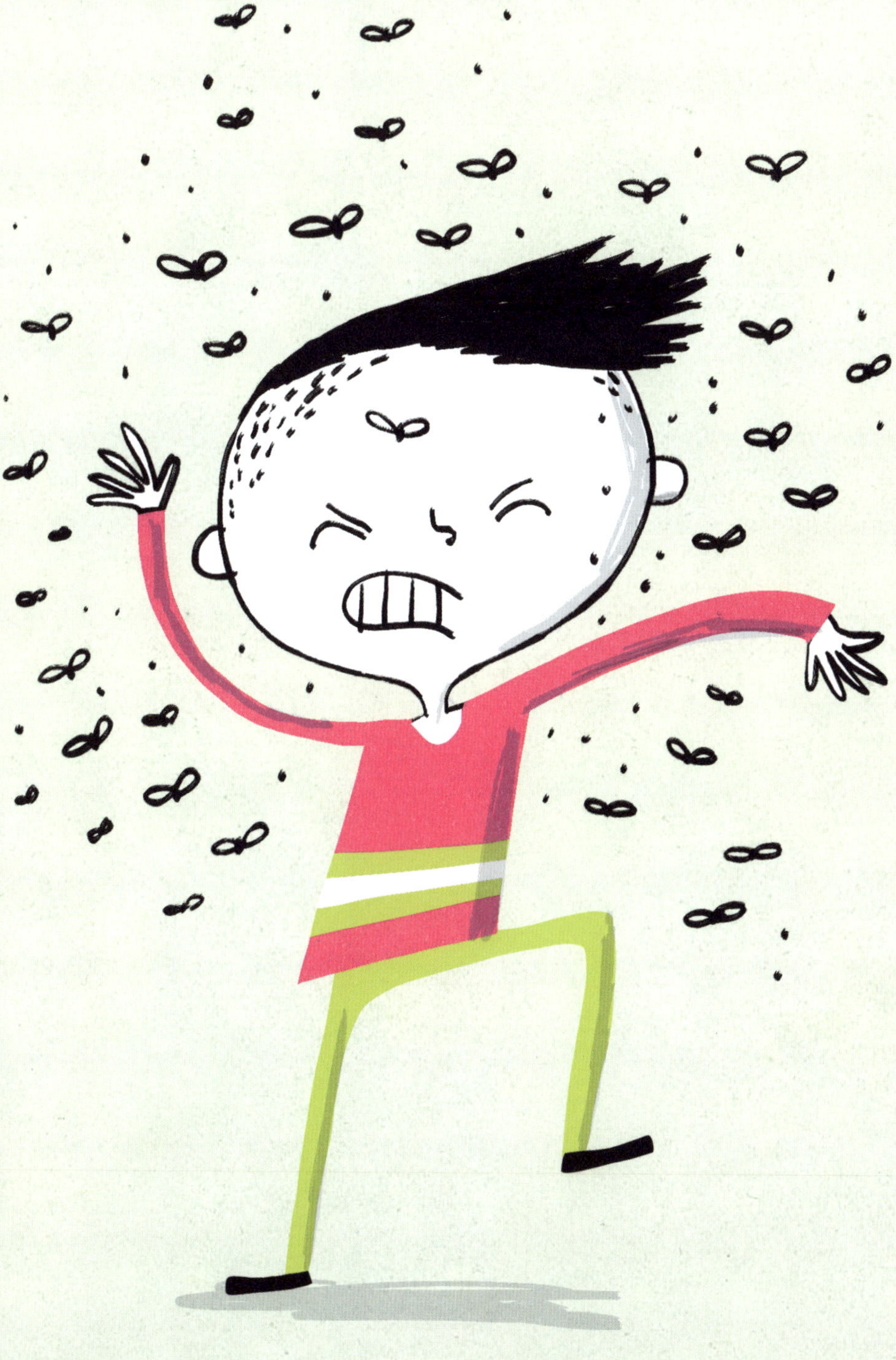

所以，下次如果你遇到蜘蛛，和它握握

手

吧！

嗯……握哪只手呢?

蜘蛛小档案

独特之处 可以用丝把自己产的卵包裹起来，随身携带。

食物 昆虫或更小的动物。

特长 有些蜘蛛擅长模仿猎物，借机接近并捕捉它！

> 蜘蛛是你有点儿恶心的动物邻居，大多数人都很怕它。
> 不过，大部分蜘蛛都不危险，还能帮我们消灭蚊虫。